ちりちりけんのう

栗原直子《くりはらなおこ》 作

日向山寿十郎《ひなたやまじゅうろう》 絵

もくじ

狐《きつね》おろし――3
天女《てんにょ》のはなし――21
おシロとシロコ――41
闇《やみ》の中――65

狐《きつね》おろし

ある村の村はずれに、ウメばばという狐《きつね》おろしの祈祷師《きとうし》がすんでいた。ばばといってもウメは三十そこそこなのだが、母親がきゅうに死んだので、あとをつがなければならなくなったのだ。

ウメばばは見よう見まねで祈祷はするが、母親ほどすぐれた祈祷師ではなかった。

ウメの祈祷は、もっぱら、〝なくしものさがし〟や〝家出人さがし〟だ。これはどうとでもなる。

ウメばばが、しんみょうな顔をして、

「なくしものは、家の中、または、ちかくにある。見つけてほしいと、のぞんでおるぞ。はやく見つけてやらねば、この家にわざわいがかかるであろう」

というと、わざわいがかかってはたいへんと、その家の者は、まわりをいっしょうけんめいさがす。

見つかれば、ばばのひょうばんはあがり、見つからない場合でも、その家の者の努力がたりないということになる。

家出人をさがす場合は、祈祷をしたあとで、

「西（または東）の方角に、ゆくえがわからなくなった者がおる」

といって、御幣《ごへい》をその方向へ突《つ》きだしてみせる。

家の者は、ばばが言った方角をさがす。見つからない場合もあるが、たいがいは何日かして帰ってくる。そのときは方角がちがっていても、家の者はうれしくて、そんなことは気にかけない。

ある日のこと。村の大百 姓《おおびゃくしょう》の伊右衛門《いえもん》の家から使いがきた。

伊右衛門のむすこの嫁《よめ》のみつに、狐がついたというのだ。

ウメばばは、三日後に伊右衛門の家にいくことをやくそくして、使いの者をかえした。

さあ、こまった。ウメばばは、ほんとうの狐つきなど見たこともないし、まして、人についている狐を追い出すなどできるはずもない。

ウメの母親は、まわりの村にも知れわたった狐おろしであった。御幣を振《ふ》りかざして祈《いの》るすがたは、すさまじく、狐がついて病《や》んでいる体から、たちどころに狐をおいだすのであった。

「かかさま、どうしたら、狐おろしができるんだね。おしえてくれ」

ウメばばは、まいにち、母親にねがいつづけた。しかし、祈っても祈っても、母親はなにもいってはくれなかった。

とうとう、やくそくの日がきた。ウメばばは、しかたなく、白装束《しろしょうぞく》に身をかため、一尺《しゃく》五寸《すん》（約四十五センチ）の御幣《ごへい》をもって、家をでた。

たけやぶのなかのほそい道を、

「ちりちりけんのう、ちりちりけんのう……」

母親からならった、いつものじゅもんをとなえながら歩いていく。

これは、悪いことはとんでいけ、という意味なのだ。

「おや、竹が……」

足もとに、枯《か》れて黄色くなった竹がおちている。一尺（約三十センチ）ほどの長さで、かたほうの端《はし》に節《ふし》がついている。

（水をいれるのに、ちょうどいいな）

ばばは手をのばしかけたが、さきをいそぐので拾うのをあきらめた。

すると竹が動きだして、目の前をころころころがっていく。

「坂道でもねえのに」

ばばが、そうおもっていると、竹づつがとまった。竹の口から、小狐《こぎつね》がひょ

いっと顔をだした。

「なんと、ちいさな狐《きつね》だろう。竹のなかに、おさまるとはなあ」

ばばが、かんしんしていると、小狐《こぎつね》は、また、顔をひっこめて、こんどは、ころんころんとゆっくりころがりながら、ばばの前をすすんでいく。

「ちりちりけんのう、ちりちりけんのう」

ばばは、じゅもんをとなえながら、狐おろしのことを、しあんしていた。よいかんがえも浮《う》かばないうちに、伊右衛門《いえもん》の屋敷《やしき》についてしまった。

門のしきいのところに、さっきの竹づつがころがっている。小狐が顔をだした。

「あれまあ。ここまで、ついてきたのか。ここらは、狐は悪さをするものとおもっているから、見つかったらひどい目にあうぞ。はやく、山にもどれ」

いいきかせたが、小狐は、きょとんとしている。

「おや、よくみると、かかさまが飼《か》っていたオシロに、よくにているなあ。だが、オシロよりずっと、おめえのほうがちいせえ」

ウメばばの母親は、白い毛の狐を飼っていた。オシロといい、りこうでいつもばばの母親のそばについていた。

「かかさまが死んでから、おシロはきゅうにいなくなったが……。おめえは、オシロの子かもしれねえなあ。オシロの子だからシロコだな」

頭をちょっとつつくと、小狐は竹の中に入ってしまった。

「しかたねえ」

ばばは、竹づつごと、小狐をふところにいれた。

「おとなしくしているんだぞ」

着ものうえから、竹づつをおさえて、かるくぽんぽんとたたく。

伊右衛門の屋敷にはいると、すぐに、暗《くら》い奥《おく》の座敷《ざしき》に通された。

びょうぶのまえには、伊右衛門夫婦《ふうふ》と、むすこの伊助《いすけ》がすわっている。

「むすこの嫁《よめ》が半年ぐれえまえから、夜になると、ときどき、けもののような声をだしてあばれるのよ。このところ、ひどくなったんで、ばばさまを呼《よ》びにやったわけで」

と、伊右衛門がいった。

伊右衛門の妻《つま》も、

「先代のばばさまのひょうばんは、よくきいていますだ。つき神様のことばを、きくことができるし、なんでも見通せると。ウメばばさまも、きっと、嫁《よめ》についた狐《きつね》をおいだしてくれるだろうとおもっていますだ。よろしく、おねげえもうします」

りょうてをついて、深ぶかと頭をさげた。

となりにすわっている、むすこの伊助《いすけ》と目があうと、伊助はあわてて目をそらせた。

これは、なにかあるな、そうおもったばばは、

「なあ、嫁さんのことは、つれあいのおめえさまが、いちばんよくしっているはずだ。なにか、こころあたりはないかね」

伊助にきいた。

伊助は首をふって、うわ目づかいに、ばばを見ているばかりである。

「伊助は、きもちのやさしい、いいむすこだし、嫁も、ふまんはねえはずだ。なあ」

伊右衛門《いえもん》と妻《つま》は、うなずきあっている。

「そうか。ほんとうに、そうなら、こういうことは、おこらねえものだが……」

そうつぶやきながら、ばばはゆっくりと、伊助に目をむけた。

そのとき、「ぎゃーっ」という、さけび声がして、びょうぶのかげから、髪《かみ》をふりみだした伊助の嫁のみつが顔をだした。

「ばばさま、嫁は、こんなふうだ。はやく、悪い狐をおいだしてくだされ」

伊右衛夫婦《ふうふ》は、手をついて、ばばにたのんだ。伊助は、うろうろと動きまわって、みつを見ようとしない。

（ははーん。やっぱり、このむすこは、なにか、うしろめたいこと

を、やっているな。嫁《よめ》さんは、それで気を病《や》んでいるのだろう）
ばばは、ひとりでうなずくと、
（こういうことなら、うでの見せどころだ。かかさま、見ていてくれ）
ばばは静かに、じゅもんをとなえはじめる。

ちりちりけんのう
ちりちりけんのう

つき神の祟《たた》りなれば
白い幣束《へいそく》にのり
もとの社《やしろ》に
もどりたまえ

病《やまい》は
うす紙をはぐごとく

はやく癒《いや》させたまえ

まもなく、ばばの声がかわってきて、かん高く「けーん!」と、ひと声鳴いた。

つづいて、ひくい声になり、

「わしは、この家の嫁についた狐《きつね》じゃ。これから、わしのいうことを、よくきけ」

さっと、御幣《ごへい》を振《ふ》った。御幣にはさんである白いおふだが、しゅっ、しゅっと鳴る。

「ははーっ」

伊右衛門《いえもん》夫婦《ふうふ》と伊助《いすけ》は、たたみにひれふした。

「この家のむすこ、伊助よ。いまは、しんみょうな顔をしておるが、家の金《かね》をもち出し、かけごとに、うつつをぬかしておるな」

「そ、そんな……、そんなことはしてねえよう」

伊助は、よわよわしくいって、肩《かた》をおとした。

「せがれは、そんなことをする子ではねえが」

伊右衛門が、手をついたまま、ばばを見あげた。

(親というものは、ぞんがい、子のことはわかってはいねえものだ。うん? なんだ?)

嫁《よめ》のみつが、ばばのはかまの裾《すそ》をひっぱっている。かたほうの袖《そで》で、となりの部屋を指《さ》し、ばばに目くばせをした。

おしいれのふすまがあいていて、鋲《びょう》がうってあるがんじょうな黒い木箱《きばこ》が見える。

ばばはうなずくと、御幣《ごへい》を大きく振《ふ》って、

「あれを、あけよ」

伊右衛門《いえもん》の腰《こし》をたたいた。

「へ、へい」

伊右衛門は、よろよろ立ちあがると、鍵《かぎ》をもってきて箱《はこ》をあけた。

「金《かね》がねえ。どうしたんだ」

伊右衛門は、なんども、箱をひっくりかえしたり、ふったりして、ひっしで金をさがしている。

すっかりなくなっているとわかった伊右衛門は、

「おめえが、もちだしたな」

顔色をかえて、伊助《いすけ》に向かっていった。

みつが、また袖をふって、そのとなりの部屋のたんすを指す。

「あの、たんすをあけよ」

ばばは伊右衛門の妻《つま》の頭のうえに、さっと御幣を振る。

「あれは、みつが嫁いりのときに、もってきたたんす……」

伊右衛門の妻は、たんすのまえにいくと、おずおず上のひきだしをあけた。

「からっぽだ」

つぎのひきだしも、つぎも、着ものは入っていない。

「この家のせがれ伊助は家の金をもちだし、嫁のきものまで売ってしまった。このままだと、この家はつぶれ、みな、ろくな死にかたはしねえぞ」

ばばの声はかん高く、家じゅうにひびいた。

伊右衛門夫婦《ふうふ》は、ばばの足もとにひれふし、伊助は、ぶるぶるふるえている。

「わしは、いましめのために、この家の嫁にのりうつったのじゃ」

そういうと、ばばは御幣を振りかざし、伊助にとびかかり打ちすえた。

「お狐《きつね》さま、ごかんべんを。おれは、もう、かけごとはしねえ。家のしごとにはげんで、みつをこまらせるようなことは、こんりんざいしねえ」

伊助《いすけ》は、ひいひいいいながらわびた。

「そうか。そのことばに、うそはねえな」

ばばは大きくうなずくと、うつろな目をして、べたっとすわっているみつのせなかを、どんとたたいた。

すると、いつのまに、ばばのふところから出たのか、小狐《こぎつね》が、みつの肩《かた》にのっている。

「けーん!」

ひと声、するどく鳴くと、さっと、どこかに消えた。

「ひゃっ、き、狐だ! 狐が、おりた!」

伊右衛門《いえもん》夫婦《ふうふ》とむすこの伊助は、あまりのことに腰《こし》をぬかした。

「ああ、わたしは、こんなかっこうで、どうしたことだべ」

みつは、さかんに胸《むな》もとのえりをあわせたり、髪《かみ》に手をやっている。

まもなく、りょうてをつくと、

「おとっつぁま、おっかさま、わたしは、つきものがおちて、きぶんがよくなりました。みなりをととのえてめえります」

そういって、へやをでていった。

「ありがてえ。なんと、霊験《れいげん》あらたかなばばさまなんだ」

伊右衛門の一家は、ばばに手をあわせる。

伊右衛門は、お礼に銭《ぜに》と米をくれた。こんなことは、なかなかあるものではない。

ばばは、ふろしきづつみをせなかにしょって、屋敷《やしき》の外にでた。

「ばばさま、ありがとうごぜえました」

門のかどに、みつが立っていて、ていねいに頭をさげた。

農家《のうか》の嫁《よめ》らしく、紺色《こんいろ》の地味《じみ》な着ものを着ているが、ふっくらとした色じろの顔は、なんともかわいらしい。

（さっきの、狐《きつね》つきのふるまいとは、たいそうちがうなあ）

ばばは、かんしんして、みつをつくづく見た。そして、ちょっと、みつをからかってやろうとおもって、

「また、こまったことがあったら、狐つきになるといい。それにしても、おめえさまの狐つきのすがたは、すごかったなあ。髪《かみ》をふりみだして、こんなふうに目をつりあげて……」

ばばは、じぶんの目じりを指《ゆび》でつりあげた。

みつは、ぽっとほおをそめて、

「そんなことはほめられても、うれしくはねえです。もう、あんなことはやりたくねえ」

首をすくめた。

「そうだな。それにこしたことはねえなあ」

ばばは、みつに、わらいかけた。


ウメばばは、村はずれの家にむかってあるいていた。

雑木《ぞうき》ばやしの中の細い道にはいると、ほのかに梅《うめ》の香《かお》りがしてきた。

「気がつかなかったなあ。梅が咲《さ》きはじめていたんだな」

目をこらすと、うっそうとしげっている雑木のなかに、すこし開きかげんの小さな白いつぼみが、たくさん見えた。

ばばがすきな紅梅《こうばい》の、うす赤いつぼみもある。

足もとの草がざわざわ動いたとおもったら、小狐《こぎつね》が跳《と》びだしてきた。

「きょうは、たすけてもらって、ありがとうよ」

ばばが、小狐の前にしゃがんで頭をなでようとすると、小狐は、ぴょんと跳びのいた。

ばばの胸《むな》もとを、じっと見ている。

「おお、そうだな。おめえの遊びどうぐを、ここにいれたままだ」

ばばは、竹づつをふところから取りだすと、小狐《こぎつね》の前においた。

小狐は、するすると、竹づつのなかに入り、まもなく竹の口からちょっと顔をだして、また、ひっこめた。

「シロコよ。おめえは、なんと、きようなんだ。二寸《すん》（約《やく》六センチ）ばかりの竹の口に入るのもおどろくが、竹のなかで向きまでかえるとはなあ」

そういいながら、ばばは竹づつを指《ゆび》の先で、とんとんとたたいた。

すると、ころころと、竹づつがころがりはじめた。すこし行くと、とまって、こんどは横にいく。あっちへ行ったり、こっちへ行ったりしながらも、前へすすんでいく。

ばばは、立ちあがった。

「シロコは、かかさまが、つかわしてくれたのかもしれねえ……」

ばばは、梅《うめ》の香《かお》りのする道を、

「ちりちりけんのう、ちりちりけんのう……」

じゅもんをとなえながら、歩いていく。

天女《てんにょ》のはなし

ウメばばの家に、村の農家《のうか》のむすめ、トヨがやってきた。

トヨのいいなずけ、吾一《ごいち》のようすがへんだというのだ。

「吾一は、ぶじに帰ってきただろう？」

ひと月前。町の市《いち》にぞうりやすげがさを売りにいった吾一が、五日も帰ってこなかったので、ばばが祈祷《きとう》をしたのだ。

「まもなく、東の方角《ほうがく》からもどってくるであろう」

という、ばばのことばどおり、次の日にふらりと帰ってきた。

「けえってきたのは、いいがよう……」

トヨの話では、帰ってきた吾一に家の者や近所の者が、五日の間どこにいたのか、ときくと、

「わからねえ、山ん中だったと思うがよう……」

というばかりなので、〝神《かみ》がくし〟に、あったんだろう、ということになった、というのだ。

「ばばさま、神がくしにあうと、たましいまでぬけてしまうのか？　吾一っつぁんはぼーっとして、家のなかにこもりっきりだ」

トヨは、そんな吾一に不満《ふまん》らしく口をとがらせた。トヨは十五になったばかりで、三つ上の吾一とは、りょうほうの両親がきめたいいなずけだ。

「そうか。かわいそうに、吾一はふぬけになったか」

「そうだよ。ばばさま、吾一っつぁんのからだに、たましいをもどしてくれ」

「なんと、たましいをもどすだと？」

ばばは、おどろいて口をあけた。

「ばばさまは、つき狐《ぎつね》を追い出すことができるんだ。だから、たましいをもどすことだってできるよ。なあ、吾一っつぁんをたすけてくれ」

トヨは両手《りょうて》をかたくにぎりしめて、ばばを見あげている。

ばばは、伊右衛門《いえもん》の嫁《よめ》についた狐《きつね》を、シロコのおかげで追い出すことができた。それで、いまや、ひょうばんの狐おろしの祈祷師《し》なのだ。

（ふーむ。こまったもんだなあ）

たましいを、どうこうするなどという、そんなむずかしいことは、ばばにできるものではないのだ。

なんといってことわろうかと、ばばは腕《うで》ぐみをして考える。

「そうだ、ばばさま。吾一《ごい》っつぁんは、へんなことをいうんだよ」

トヨが、きゅうにおもいだしたらしくいった。

「天女《てんにょ》に会ったたって、いうんだよ」

「天女だと？」

ばばの目がひかった。

「うん、それは、きれいだったと」

「それはそうだろう。天女はき

れいだろうよ」

ばばは、なにか思いあたったように、ひとりでうなずいた。

「なあ、ばばさま、天女って、山にいるのかあ。吾一っつぁんは、市《いち》のかえりに、山の中の一本道で出会ったんだって」

「そうか。天女も、ようじがあって、あちこち出て歩くのだろう」

ばばの口もとに、かすかなわらいが浮《う》かんでいる。

ばばは、いろりの灰《はい》に火ばしをさすと、立ちあがりおごそかにいった。

「ちりちり、けんのう。ちりちり、けんのう。トヨ、おめえのねがいをきいてやろう」

「ははーっ、ばばさま、おねげえいたします」

庭に立っていたトヨはおもわず、土の上にひれふした。

「でも、ばばさま。おら、ばばさまにはらうカネがねえ」

トヨは、しょげた顔をあげた。

「いいよ。おめえのだいじないいなずけのためだ。カネのことは、しんぺえしねえでいい」

「ばばさま、すまねえことです」

トヨは、ぺこりと頭をさげると、横においた鍬《くわ》をとった。

「ばばさま。ここに、菜《な》っぱとだいこんの種《たね》をまいておくよ」

そういうと、庭の日あたりのいいところをえらんで、鍬をいれた。掘《ほ》ったあとは、土がほこほこともりあがっている。

トヨは、ふところから布《ぬの》のふくろをふたつ取りだすと、べつべつに土のうえに、ふりまいた。

「さあ、おわった。五日ぐれえたったら、だいこんは、やわらかな葉っぱがたくさん出てくるから、まびかねえと。また、手いれにくるからな」

そういうと、鍬をかついで帰っていった。

つぎの日。ばばは、うらの小屋の棚《たな》から、かわいた香草《こうそう》の根をとりだしてきて、いろりの灰《はい》のなかにうめた。

じきに、あまいにおいが立ちのぼってきた。

薄《うす》く透《す》けて見える白い布を、灰のうえにかぶせて、まんべんなく香《かお》りをたきしめる。

「さあ、これでよし」

いい香りのする白い布を、頭からふんわりかぶると、

「ちりちりけんのう、ちりちりけんのう」

じゅもんをとなえながら、山道をくだっていった。

里の村がみえてくると、ばばは村の者にあわないように遠まわりをして、吾一《ごいち》の家にいった。

この時期は、みな田の草とりにいそがしくて家にいる者はいない。

吾一は、北向きの暗い部屋にいた。

こちらに背中《せなか》をむけて、横になっている。

ばばは、すーっと部屋にはいると、うでまくらをしている吾一のそばに立った。

白い布で顔をおおったままで、せいいっぱい声をたかくしていった。

「わたしは、天女《てんにょ》だあ。おまえに会いにきた」

吾一はおきあがって、ばばのほうに向きをかえた。

「天女かあ……」

吾一《ごいち》はぼーっと、ばばを見あげている。

「そうだ。わたしが天女《てんにょ》だ。おまえは、山の中で天女に会《あ》ったそうだな」

ばばは、首をすっくとのばして、声をはりあげた。吾一は、おどろいたように、ぱちぱちと、さかんにまばたきをした。

「おらの会った天女は……」

すこしたってから、吾一は下をむいて、ぽつりぽつり話しはじめた。

「市《いち》にもっていった、すげがさとぞうりがみんな売れて、ゆうがたになっていたんで、はやく帰るべえとおもって、山ん中の一本道を歩いてたんだ。そうしたら、目の前の木のかげから……、天女が……」

「こんなふうに、手まねきをしたであろう」

ばばは、手をひらひらさせて、かぶっていた布《ぬの》を吾一の頭にかけた。

暗い部屋の中で、吾一の頭だけが白く浮かんでいる。

「その天女は、きれいなべべ（着もの）をきて、そばにくると、いいにおいがしたであろうな」

ばばのことばに、吾一は、いちいちうなずく。

「天女は、なんといったかぁー」

ばばは声をいちだんと高くして、ふるわせた。

布をかぶった吾一の頭が、がくんと下をむく。

「なんにもいわねえで、おらのふところから、さいふをぬきだした。かえしてくれって、いったんだよ。ほんとだよ、ばばさま」

吾一は頭から白い布をはずすと、ばばのまえに手をついた。

「おや、わしだと気がついていたか」

ばばはがっかりして、すわりこんだ。

「ばばさまが、あんまり、きんきら声をだすから、おら、耳がおかしくなりそうだ」

吾一《ごいち》が、頭をぶるんとふった。

「きんきら声ではねえよ。天女《てんにょ》は、すずをふるような声だというだろう。それを出した」

吾一は、こまったような顔をしたが、

「いつものばばさまの声で、いいよ」

えんりょがちにいった。

「そうか、それなら話は早いな」

ばばは、すぐに気をとりなおして、ふところから御幣《ごへい》をとりだした。そして、いつものじゅもんをとなえる。

ちりちりけんのう
ちりちりけんのう

つき神の祟《たた》りなれば
白い幣束《へいそく》にのり
もとの社《やしろ》に
もどりたまえ

病《やまい》は
うす紙をはぐごとく
はやく癒《いや》させたまえ

ばばの声がおごそかに、ひびく。

「おめえは、わるい女にカネをとられた。そうとはいえねえから、五日のあいだ、山でくらして、〝神がくし〟にあったふりをした」

「すまねえ……」

吾一は、ちいさな声でいった。

「だが、それだけではねえな。この話にはつづきがあるな」

ばばは御幣《ごへい》のさきで、吾一《ごいち》の頭をちょっとつついた。

「そうなんだ……」

吾一はことばをきって、うなだれた。

「おら、神がくしにあったことになって、カネのことはだれからも、ただされることはなくて、ありがてえとおもった。だけど、いつものくらしにもどってみると……」

「おめえは、もういちど、その女に会いたいとおもったんだな」

ばばのことばに、吾一は、すなおにうなずく。

「どうして行かなかった？」

「あんまり心がいい女とはおもえなかったし……」

ばばのことばに、吾一はちいさな声でいった。

「それだけか？　その女は、こんど、あいにくるときは、もっとカネをもってこい、といわなかったか？」

ばばは静かにいった。

「ばばさま。おらも、わかっているよ。あの女は、天女《てんにょ》なんかじゃねえってことは。ああ。この世に、天女なんかいるわけはねえんだ」

吾一は、頭をかかえてうつぶした。

「そうでもねえかも、しれねえよ」

そういうと、ばばは御幣で戸口《とぐち》を指《さ》ししめした。

「吾一よ。外へでてみろ。こんな暗いところにまいにち、こもっていちゃならねえ。さあ」

御幣で、吾一のしりをつつく。

吾一は、すわったまま顔をあげた。

「さあ、だまされたとおもって、そとに出てみろ」

こんどは、やさしくいった。

「うん……」

吾一は、しぶしぶたちあがると、部屋《へや》をでた。いろりのわきをとおって、土間《どま》にでる。さきに立ってばばが戸をあけた。

「うえっ、まぶしい」

吾一《ごいち》は、おもわず、腕《うで》で目をかくした。

「ほれほれ、もっと出てみろ」

ばばが、御幣《ごへい》で背中《せなか》をおす。

そのまま庭にでて、小川に目をやったとたん、吾一は立ちどまった。

「菜《な》の花だ……」

土手《どて》のむこうは一面の菜の花畑で、陽《ひ》のひかりをあびて、いちだんと明るくかがやいている。

「おめえが家ん中でくすぶっているあいだに、世の中は春になってたんだよ」

吾一のうしろから、ばばがわらいながらいった。

「ああ、春はいいなあ」

吾一は顔をあげて、ふかく息《いき》をすいこんだ。

「あれは、トヨでねえか」

吾一の目がとまった。菜の花畑のなかに、かごをせおって、菜の新芽《しんめ》をつんでいるトヨが見えかくれしている。

「トヨーッ」

吾一が両手で口をかこんでさけんだ。

髪《かみ》をまるめて、だんごのまげをゆったトヨの丸い顔がこちらをむいた。ぽかんと口をあけていたが、たちまち赤いほっぺたに笑《え》みが浮《う》かんだ。

「吾一っつぁん！　たましいが、もどったんだなーっ」

トヨが、かけてくる。

「おめえは、そっちにいろ。おれがいくからーっ」

吾一が着ものの裾《すそ》をからげて、川に入っていった。ばしゃばしゃと、水しぶきをあげて川をわたっていく。

「吾一よ。おめえの天女《てんにょ》はトヨだな」

吾一のうしろ姿《すがた》をみながら、ばばはつぶやいた。

「あっ」

ばばの目が、菜の花畑のなかほどでとまった。ちいさな白い生きものが跳《と》びはねている。

（シロコだ。こんなところに出てきて、なんとしたことだ）

ばばが、そうおもったしゅんかんに、シロコのすがたは消えていた。

「シロコは、すばしこいから、ひとにつかまることはあるまい」

ばばは自分にいいきかせて、村はずれの道を歩いていった。

あれ以来《いらい》シロコは、ばばの家の薬草《やくそう》畑にときどきあらわれては、ダヅマ（吾亦紅《われもこう》）やゴムシ（朝鮮五味子《ちょうせんごみし》）の中に、ちょこんとすわっている。長くいることはなく、じきに山にもどっていくのだ。

「ちりちりけんのう　ちりちりけんのう……」

道すがら、ばばは肩《かた》にかけていた薄《うす》い布《ぬの》を、また頭にかぶってみた。香草《こうそう》のあまい残《のこ》り香《が》がただよってきて、ばばはうっとりと目をとじた。

「ばばさまーっ」

菜《な》の花畑に、吾一《ごいち》といっしょにいるものとばかりおもっていたトヨが、あとを追ってきた。

「どうした?」

なにごとかと、ばばは目をむいた。

「いいや、吾一っつあんは、たましいがもどったから元気になった。のら着《ぎ》に着がえて畑しごとをしているよ。それより、ばばさま」

トヨは赤いほおをなおさら赤くして、ばばの白装束《しろしょうぞく》の袖《そで》をひっぱった。

「ばばさま、おら、ばばさまの弟子《でし》になりてえ。祈祷師《きとうし》になりてえ」

おもいがけないことをいわれて、ばばはあわてた。

「おめえは、吾一《ごいち》といっしょになって、しあわせになればいいんだ。なんでそんなことをいうんだ」

きついちょうしで、トヨにいった。

「ばばさまは、吾一っつぁんのたましいを、もどしただろう。おらにも、おしえてくれ」

「たましいなんぞ、出てはいねえよ」

ばばは、つきはなすようにいった。

「吾一は、もとにもどりてえと、心のそこではおもっていたんだ。ただ、きっかけがなかったのよ。そこで、わしが、ちょんちょんと吾一のせなかをつっついた」

ばばは、ふところから御幣《ごへい》をとりだすと、トヨの肩《かた》をとんとんとたたいた。

「それに吾一は、おめえが、わしをよんでくるのがわかっていたのよ」

トヨは、ちょっと首をかしげたが、こんどはばばの裾《すそ》にしがみついた。

「ばばさま、おら、やっぱり、ばばさまのような祈祷師になりてえ」

トヨは、ますますしんけんなまなざしで、ばばを見る。

「なんでそんなに、祈祷師になりてえんだ」

ばばのことばに、トヨは、なんとこたえようかと、いっしょうけんめいに考えている。

「ばばさまは、わずらってるものを元気にする。それと、家にこもってるものを外に出して、お天道《てんとう》さまは、いいよって……」

そして、ちょっと、ことばをきって、

「そうだ、おら、わかった。ばばさまは、ひとのことをしあわせにするんだ。だから、おら、ばばさまみてえになりてえんだ」

といって、うれしそうにばばを見あげた。

「おめえは、かしこくてやさしい娘《むすめ》だなあ」

ばばは、トヨのひたいにかかった髪《かみ》をなであげた。

「それじゃ、弟子にしてくれるのか」

いきおいこんできくトヨに、

「そんなことはいってねえよ」

そういうと、家にむかって、すたすた歩きだした。

「まってくれ。ばばさまに、菜《な》の芽《め》をつんできた。ひたしにするとうめえよう」

トヨは背中《せなか》にかついだかごをゆらして、ばばを追いかけた。

おシロとシロコ

一

ウメばばの家に、吉次《よしじ》ととめ夫婦《ふうふ》がやってきた。

吉次は、わらで編《あ》んだ空《から》の子守《こも》りかごをしょって、やつれた妻《つま》の手をひいている。

「ばばさま、あの日、おら家《え》の赤んぼうは、たしかに、この中にいたんだ」

吉次が子守りかごを濡《ぬ》れ縁《えん》の前に置いた。

「ふーむ、この中になあ……」

ばばは濡れ縁にしゃがんで、かごの中をのぞいた。

かごは赤んぼうがすっぽり入るくらいの大きさで、縁《ふち》の外がわには畑の土がついている。

この夫婦の赤んぼう弥太郎《やたろう》が、山の畑でゆくえがわからなくなって五日になる。

五日前。吉次夫婦は、弥太郎を入れた子守りかごを木のかげに置いて、のらしごとをしていた。ひとしごとをして、とめが乳《ちち》をのませようと木の下にいくと、子守りかごがひっくりかえり、赤んぼうはいなかった。

もうはいはいをするので、そのへんで遊んでいるのだろうと、木のまわりや雑《ざっ》草《そう》の中をさがしたが、赤んぼうのいるけはいはない。

畑のまわりは静かで、ときどき山から鳥の鳴き声がきこえてくるだけだった。

夫婦は、まっさおになって、赤んぼうの名まえをよびながら、山の雑木《ぞうき》の中までさがしまわった。

「おらたちだけでは、手がたりねえ。みんなをよんでくるからな」

とめをおいて、吉次が村の者をよんできた。

おおがかりにさがしたが、あたりが暗くなり、みんなはあきらめて帰っていった。

五日経《た》ったいまでは、夫婦だけが山に出かけて子どもの名まえをよびつづけている。

「ばばさま、おらも赤んぼうが山の中で五日も生きていられるとは思えねえ。だが、せめて、どこにいるのかが知りてえ。うらなってはもらえねえか」

吉次は、地面《じめん》にすわって涙《なみだ》をぬぐった。

「弥太郎《やたろう》が、どんなことになっていても、このふところにだいて……」

すっかりやせてしまった、妻《つま》のとめも地面《じめん》にすわりこんで、じぶんの胸《むね》に両手をあてている。

「わしにできることなら、なんでもするのだが……」

ばばは大きなためいきをついた。

おとなが、行方《ゆくえ》しれずになった場合は、たいていひと月のあいだには帰ってくる。

だから、〝いまに、東のほうから（または西のほうから）、もどるであろう〟といっておけばよいのであるが、じぶんの力で帰れるものではない赤んぼうの場合は、そんなことはいえない。

まして赤んぼうが生きているかどうかなどと、そんな重大なことをうらなえる力は、ばばにはないのだ。

（わしが、かかさまのような、りっぱな祈祷師《きとうし》であったら、たちまち赤んぼうのいどころを当てられただろうに）

まわりの村々《むらむら》に知れわたっていた祈祷師の母親をおもい浮《う》かべて、ウメばばは、またためいきをついた。

「ばばさま。弥太郎がいなくなった畑にきてもらいてえ」

吉次《よしじ》が、考えこんでいるばばの着《き》ものの裾《すそ》を、ひっぱった。

「うーむ。むずかしいことだが、やってみるか……」

赤んぼうがいなくなった場所に行ってみれば何かわかるかもしれない、ばばは、そうおもった。

「それならば、したくをするから待っていてくれ」

ばばは奥《おく》の納戸《なんど》にはいると、白装束《しろしょうぞく》に着がえた。

ほんらいは、裏《うら》の井戸《いど》の水を頭から三回かぶり、からだを清《きよ》めてから、白い衣《い》装《しょう》を身にまとうのだが、まだ水はつめたいし今日はいそいでいることだから略《りゃく》してしまった。

（あの世で、かかさまは怒《おこ》っているか……）

ばばは首をすくめると、白い布《ぬの》で髪《かみ》の毛をしばり御幣《ごへい》をもった。

濡《ぬ》れ縁《えん》にもどると、

「すまねえ。ばばさま、ここにへえってくれ。おらが、しょっていくから」

吉次《よしじ》がばばの前にかごを置いて、手をひっぱろうとした。

「いくら、わしの柄《がら》がちいせえとはいえ、子守《こも》りかごにへえるのはむりだ」

「ばばさま、かごに立てばいいんだよ。うちの人は力があるから、かごごと、ばばさまをかつぐんだ」

とめも、ばばの白装束《しろしょうぞく》の長い袖《そで》のはしをつかもうとする。

「きもちはありがてえが自分で歩けるよ。わしは、ばばなどとよばれているが、まだ若《わか》いのだ」

ばばは、つややかな長い黒髪《くろかみ》に手をやると、白い緒《お》のぞうりに足をいれた。そして、吉次夫婦《ふうふ》の前に立って歩きだした。

はかまの裾《すそ》が、しゅっ、しゅっと音をたてた。

二

吉次の畑は山の裾野《すその》にあり、陽《ひ》あたりがよく、芋《いも》の大きな葉が風にゆれている。

「ばばさま。弥太郎《やたろう》は、ここにいたんだ」

吉次ととめは、くすの木の下に子守りかごをおいた。畑からだいぶはなれているが、下草《したくさ》がいちめんにはえていて、子どもを遊ばせるのにはつごうがよい。
ばばは、あたりを見まわした。
畑をかこむ山々《やまやま》からは、うぐいすのとぎれがちな声がきこえてくる。まだ本鳴きができない子どものうぐいすなのだろう。
（ああ、こまった。かかさま、わしの頭には、なにも浮《う》かんではこねえ。わしに、祈祷師《きとうし》の才《さい》などあるものではねえからなあ。赤んぼうは、どこでどうしているん

だろう）

ばばは力なく、山の中腹《ちゅうふく》から下のほうに目をうつした。

（あっ）

雑草《ざっそう》がおいしげった斜面《しゃめん》を白い小さな生きものが跳《と》びはねながら、下《お》りてくる。

（シロコだ）

たちまち、畑と草むらのさかいまで下りてくると、ちょこんとすわった。口に蔦《つた》をくわえて、ばばのほうをじっと見ている。

（あれは、あまづら……。あまいつゆがでる……そうか、シロコが赤んぼうのめんどうをみているんだな……。そして、わしに知らせにきた）

ばばは、シロコにむかってゆっくりうなずくと、しずかに呪文《じゅもん》をとなえはじめた。

「ちりちりけんのう
ちりちりけんのう」

吉次夫婦《よしじふうふ》は、畑の土の上にすわって、目をつむり頭をさげている。

「天のはし　地のはて
失《う》せもの　しらせ
声あぐ　光るよし」

ばばのうすく開けた目に、シロコがさっと子守《こも》りかごの縁《ふち》にのり、中に跳びこんだのが見えた。

「白い幣束《へいそく》にて
しめさせたまえ」

ばばの声が、きゅうに高くなり、
「わしは、山の狐神《きつねがみ》であるーっ」

りんとして、あたりにひびきわたった。

「ひえーっ」

吉次《よしじ》ととめは、のどに何かつまったような声をだすと、畑の土の上にひれふした。

ばばの御幣《ごへい》は夫婦《ふうふ》の肩《かた》を軽《かる》くたたき、木の下の子守りかごを指《さ》ししめす。

「ど、どうして、……」

吉次ととめは、こんどは目を見開き、おもわず立ち上がった。木の下の子守りかごが、がたがた動きだしたのだ。

「これは、狐神《きつねがみ》さまのお告《つ》げだぞ」

そういうと、ばばはさらに続《つづ》けた。

「子どもは、生きておる」

「生きている……」

吉次ととめは、同時に顔をあげると、たがいに見合っていたが、とめが吉次にだきついて泣《な》きだした。

つぎのしゅんかん、かごは動きをとめた。

口をあけている吉次夫婦の耳に、おごそかな狐神の声が、ばばの口からひびきわたった。

「わしのみちびきで、やがて、子どもはもどるであろう。それまで、おまえたちは、山神であるわしの山に入ってはならぬ」

「は、はーっ」

吉次夫婦は、また地面《じめん》にひれふした。

シロコは、かごから跳《と》び出すと、かごの縁《ふち》にちょこんとのって、ばばのほうを見ている。

(シロコ、ありがとうよ。わしに、赤んぼうのいどころを知ら

せにきたのだな)
ばばは、すべてをなっとくしたというように、だまってうなずいた。
シロコは、さっと山にむかって走り去った。

三

ばばは吉次夫婦《よしじふうふ》のそばを、すっとはなれると、すばやくシロコを追って、裾野《すその》の雑木《ぞうき》の中に入った。
五、六間《けん》さきに、シロコの姿《すがた》が、木の間《こま》がくれにちらっと見えた。雑草《ざっそう》をふみわけて、いそいでシロコが見えたところまで進んでいく。
見当《けんとう》をつけてたどりつくと、シロコの姿はなく、赤んぼうがいるけはいなどなにもしない。

それでも赤んぼうが入れるぐらいの木の空《うろ》はないか、おいしげっている草の中に、ほら穴《あな》があるのではないか、とさがしまわった。

「弥太郎《やたろう》、どこにいるんだーっ」

とうとうばばは大きな声をだした。

（こんなにさがしているんだから、おぎゃあ、とか、ばぶばぶ、とか、なんでもいいからいってほしいもんだ）

ばばが、ぶつぶついいながら目をあげると、シロコが走っていく後ろ姿が、ちらっと見えた。

「おや、シロコはもうあんなところまでいっていたか」

ばばはまた、山をのぼりだした。

白装束《しろしょうぞく》の着ものが、汗《あせ》で体にはりついている。木々《きぎ》がおいしげり、だいぶ山深くなってきた。

（おとなのわしが、こんなに、なんぎなのに、赤んぼうが、はいはいしてのぼって来《こ》られるはずもないなあ）

ばばは立ちどまった。

赤んぼうのいどころを、シロコが知っていて、そこへあんないをしてくれる、と考えたのはまちがいだったのかと、思いはじめていた。

そのとき、ばばの足もとから、シロコが跳《と》びだした。

「あれ、もどってきてくれたか。さあさあ、はやく赤んぼうのいどころをおしえてくれ」

ばばがシロコに話しかけていると、もう一ぴきの小狐《こぎつね》がばばの前にあらわれた。長いあまづらをひきずっている。

「あれ、それでは、おまえがシロコか」

ところが、ばばの後ろから、かさかさ音がして、三びきめの小狐があらわれた。

「なんと、シロコが三びきも」

三びきの小狐は、ばばのことはおかまいなしに、蔦《つた》をうばいあって、ころげまわっている。

「あまづらは、おまえたちの遊び道具だったのか。赤んぼうになめさせていると思ったが見当《けんとう》ちがいだった」

ばばがためいきをついて立っていると、小狐たちがばばのまわりをぐるぐる回りはじめた。

小狐たちのくわえている蔦が、ばばの足をすくった。

「なんてことをするんだ」

ばばはたおれながら、こぶしをふりあげた。

二ひきはさっと逃《に》げたが、一ぴきは、ばばのふところに入ってきた。ばばの胸《むね》の中で、くるりと向きをかえて、ばばのあごの下に、ちょこんと顔をだす。

「ああ、おまえがシロコだ」

三月《みつき》前、村の豪農《ごうのう》伊右衛門《いえもん》の嫁《よめ》の狐《きつね》おろしに行った時に、竹づつの中に入って、ばばのふところから顔を出した、あのシロコだ。

つぎのしゅんかん、シロコは、ばばのふところを跳《と》びだし、木々《きぎ》の間をはしりぬけて、あっというまに見えなくなった。

「この山には、狐穴《きつねあな》があるんだな」

ばばは下草のはえた地面をかるく踏《ふ》みしめた。

狐穴は、木の空《うろ》にあったり、枯《か》れ草でおおわれた穴であったりするが、ふもとから頂上《ちょうじょう》くらいまで地下でつながっている。

(弥太郎《やたろう》は、かごからはいだして、山のふもとの狐穴に落ちたのではないかな。そのあと、どうしたか……)

やはり、シロコが知っているような気がする。ばばは、そう考えてシロコの後を追ってみることにした。

四

　ばばは、歩きつづけた。

　さっきからずっと、シロコは姿《すがた》を見せない。

（シロコたち狐《きつね》は、どこにすんでいるのか）

　木々《きぎ》が、ますますおいしげって、さきを見とおすことができなくなった。高い枝《えだ》の間から差《さ》しこんでくる茜《あかね》色の光が陽《ひ》のかたむきを知らせている。

「やはり、シロコは、ただ遊んでいただけか……。道あんないと思ったのはまちがいだったか」

　ばばが、ひとりごとをいいながら熊笹《くまざさ》をわけると、目のまえが急に明るくなった。草原がひろがっていて、そのむこうに切り立った岩がそびえたっている。

　岩のてっぺんに目をやったばばは、おどろいてすわりこんだ。

「おお、あれは、おシロ。かかさまのそばにいつもいたおシロだ。なんと長生きなのだろう」

　岩の上に、一ぴきの年老《としお》いた大きな白い狐が、足をそろえてすわっている。夕日を背《せ》にうけて、波打つ毛は輝《かがや》くばかりだ。

おシロは母親が亡《な》くなった後、こつぜんと姿を消した。

(この山奥《やまおく》にすんでいたのか……。だがこの姿は、ただの狐ではないなあ……)

ばばが、おシロの姿に見とれていると、おシロはゆっくり崖《がけ》をおりていく。そして谷の底に近づくと、横にあいている岩穴《いわあな》に、すっと入っていった。

それと入れ代《か》わりに、谷の岩かげから小さな狐たちが、ぴょんぴょんと跳《と》びだしてきた。

「どれがシロコだろう。いやいや、そんなことはどうでもよい。みんなシロコだ」

岩と岩の細いすきまから、するりとぬけては跳《は》ねまわっている。

おシロが、岩穴から出てきた。

「あ、あかんぼう。弥太郎《やたろう》だ……」

おシロは赤んぼうをくわえて、崖の斜面《しゃめん》をのぼってくる。

やがて、堂々《どうどう》とした姿をばばの目の前にあらわすと、しずかに赤んぼうを草の上においた。

そのとき、ばばは自分でも思いがけない行動にでた。

「おシロよぉー」

そういうと、小牛《こうし》ほどもある白狐《しろぎつね》の首にしがみついたのだ。やわらかい毛におおわれた、おシロの胸《むね》は、なつかしい母親のにおいがした。涙《なみだ》があとからあとからこみあげてきて、ばばは子どものようにしゃくりあげた。

髪《かみ》の毛に、おシロのあたたかい息《いき》を感じて、ばばははっとした。

「ああ、わしとしたことが、役目をわすれていた。弥太郎《やたろう》は……」

目の先の草むらで、赤んぼうはすやすやねむっている。

「おうおう、よかった。おシロ、ありがとうよ……」

ばばがおシロに目をむけたとき、おシロは銀色の毛をなびかせて、さっと崖《がけ》をおりていった。風にのって空をとんだのか、と思うばかりだった。

ばばは、赤んぼうをだきあげると、おシロがもどっていった岩穴《いわあな》をふりかえった。

岩穴の前のたいらな石の上で、おとなの白狐が、ばばと赤んぼうのほうを向いて、クオーンと鳴いた。胸《むね》がだいぶふくらんでいる。

「おめえは、あのおっかさん狐に乳《ちち》をもらっていたんだな」

ばばは、弥太郎《やたろう》を着もののふところに入れて山をくだった。

山のふもとについたときは、夕やみが迫《せま》っていた。赤んぼうは目をさまして、ばばのふところから顔だけだして、指《ゆび》をしゃぶっている。

吉次《よしじ》の家に着いたときは、もうあたりは、暗くなっていて、松《まつ》の木のうえに月が出ていた。

人のけはいを感じたのだろう、板戸《いたど》をあけて吉次が出てきた。

「ばばさま。あーっ」

ばばのふところの弥太郎を見て、吉次が感動のあまり悲鳴《ひめい》をあげた。

つづいて出てきたとめは、いっしゅん立ちすくんだが、つぎのしゅんかん、だーっと、ばばにかけよった。ばばの手から赤んぼうをだきとると、

「ばばさま。なんと礼《れい》をいっていいかわからねえ」

といって泣《な》き出した。

「なあに、弥太郎は、はいはいしていて、穴《あな》におちた。それで、山の狐《きつね》……」

そこまでいうと、吉次が、

「おおーっ。狐神《きつねがみ》さま」

地面《じめん》に正座《せいざ》をして、頭をさげた。
とめも、弥太郎をだいたまま地面にすわった。
(おおそうだ。わしは、祈祷師《きとうし》ということを忘《わす》れるところだった)
ばばは、白装束《しろしょうぞく》の襟《えり》をきちんと合わせて、はかまにはさんである御幣《ごへい》を取りだした。

ちりちりけんのう
ちりちりけんのう

天のはし　地のはて
失《う》せもの　しらせ
声あぐ　光るよし

「おおーっ。ありがたや、狐神のばばさま」
吉次ととめは手をあわせて、ばばの頭上《ずじょう》をぼーっと見ている。呪文《じゅもん》をきいているふうでもない。

(なんとしたことだ)

ばばは横目《よこめ》で、吉次《よしじ》たちの視線《しせん》を追《お》った。

(あっ)

いつのまに来《き》たのか、ばばの後ろにある小高《こだか》い築山《つきやま》の上に、おシロが座《すわ》っている。

月の光に照《て》らされて、ふさふさとした毛は銀色に輝《かがや》き、身《み》じろぎもせず吉次夫婦《ふうふ》を見つめている。

ばばと目があうと、狐《きつね》は音もなく消《き》え去《さ》った。

ばばも、すっと後ろをむくと、

「ちりちりけんのう、ちりちりけんのう」

と、となえながら吉次の家を後《あと》にした。

吉次夫婦は、口をあんぐりあけたまま、まだ地面《じめん》に座っている。

(おシロは、ちょうど、わしの真《ま》うしろに座ってくれた。吉次たちに、わしのすがたが狐神《きつねがみ》に見えるように……)

ばばの心は、今夜の月のように澄《す》んでいた。

「ああ、はらがへった。菜《な》を入れたぞうすいをつくろう。あの月のような卵《たまご》をいれて……」

ばばは、足をはやめた。

闇《やみ》の中

一

　ばばのもとに、トヨがやってくるようになって、三月《みつき》がたった。家の前のあき地をたがやして、すっかり畑にかえてしまった。

「トヨ、おまえが野菜《やさい》をつくってくれて大助かりだが、わしは、おまえの願《ねが》いをきくわけにはいかねえよ」

　ばばは羽織《はおり》の腰《こし》に手をあてて、草履《ぞうり》の先で泥《どろ》をつついている。

「そんなことはいわねえでくれ。おら、つらい修業《しゅぎょう》もしんぼうしてやるから弟子《でし》にしてくれ。いつか、ばばさまみてえな祈祷師《きとうし》になりてえんだ」

　菜っ葉《なっぱ》の間の雑草《ざっそう》をとっているトヨが手をやすめて、ばばを見あげた。

「わしは、祈祷師だった母親が死んでしまったから、しかたなく祈祷師になったのだ。おまえには心やさしい吾一《ごいち》という亭主《ていしゅ》がいる。これから子を産《う》んでしっかりと家を守るんだ。それがおまえの役目だぞ」

「うん、それはわかっているよ。だけど、祈祷師にもなりてえんだ……ばばさまみてえな……」

後のほうの声が小さくなって、トヨはまた草をとりはじめた。

「それになあ、トヨよ。祈祷師というものは、ひとり身でなくてはならねえんだ。亭主や子持ちの女は祈祷師にはなれねえんだよ」

ばばが話しているあいだもトヨは、黙々《もくもく》と草をとっては根の土をはらっている。

ばばが立っている畝《うね》から次の畝に移《うつ》ったとき、トヨの手がとまった。

「ばばさまは、かかさまの子だろう?」

トヨは、しゃがんだまま、ばばのほうに顔をゆっくりむけた。

「……ということは、ばばさまのかかさまにも御亭主《ごていしゅ》がいたわけだ……」

そういうと、ひとりでうなずいている。

「そうすると、ばばさまのかかさまは、ひとり身ではなかったんだな。すごい祈祷師だったって、村のもんはいってるけど、御亭主も子もいたんだ」

トヨは、むじゃきな目をしてばばを見あげた。

「そ、それは……」

ばばは言葉につまった。祈祷師はひとり身でなければならないということは母親からきかされていたのだが、考えてみれば、自分がこの世に生を受けたのは、母親と父親がいたからだ。

(父親の顔も知らねえし、かかさまから聞いたこともねえなあ……)

ばばの母親は無口《むくち》であった。世間の噂《うわさ》ばなしなどしたことはなく、ばばに話しかけることもあまりなかった。

(そういえば、かかさまが笑《わら》ったのを見たことはねえなあ)

母親は、ときどき、なにかにじっと耳をすませていることがあった。そういうときの目には、姿《すがた》を現《あら》わすことのない敵《てき》のけはいを感じとろうとしているかのような鋭《するど》く暗い光が宿《やど》っていた。すぐれた祈祷師《きとうし》というものは、そういうものだとばばは思っていた。

「そうか、亭主《ていしゅ》がいてもいいんだ。おらも祈祷師になれるんだ」

トヨの明るい声に、ばばは我《われ》にかえった。

もうこうなっては本当の事をいうよりほかはないと思い、畝《うね》を横切ってトヨのそばに行った。

「トヨよ、よく聞いてくれ」

ばばはしゃがんで、トヨと向かいあった。

「わしはもともと祈祷師の才《さい》などないのだ。死《し》んだかかさまのやっていた事を見よう見まねでやっているだけで、ひとに教えるものなどひとつも持ってはいねえんだよ」

トヨは、はじめはぽかんとしていたが、はっと気づいて首をふった。

「ばばさまは、おらを弟子《でし》にするのがいやでそんなことをいうんだな。ばばさまが伊右衛門《いえもん》さんの家の嫁《よめ》の狐《きつね》おろしをしたことも、赤んぼうの弥太郎《やたろう》を探《さが》しだしたことも、村のもんはみんな知ってるよ。それに、おらは、吾一《ごいち》っつぁんの魂《たましい》をもどしたのを見ているんだ」

「それはみな、うまく事がはこんでいったんだよ。わしの力ではないんだ」

ばばのいうことをいい訳《わけ》だと思ったらしく、トヨは怒《いか》りにほっぺたを赤くして口をぎゅっと結《むす》んだ。

らんぼうに草をむしりはじめたが、きゅうに立ち上がり、籠《かご》を背負《せお》うと、くるりとばばに背《せ》を向けて、さっさと帰って行った。

「なかなか本当のことは、わかってはもらえねえもんだ……」

トヨの背中《せなか》の籠《かご》が、木立《こだ》ちの中に見え隠《かく》れするのを見ながら、ばばはつぶやいた。

トヨと入れちがいに、裏《うら》の竹やぶから、落ち葉を踏《ふ》みしめるザッザッという音がして、ひげづらの男がぬっとあらわれた。

「ああ、ヤスおじか」

ばばの顔がほころんだ。

猟師《りょうし》の安造《やすぞう》は、いまは髪《かみ》もひげもすっかり白くなったが、ばばが幼《おさな》いころから、よく訪《たず》ねてきては、栗《くり》やあけび、鳥などを黙《だま》って濡《ぬ》れ縁《えん》に置《お》いていった。壊《こわ》れた雨戸を修理《しゅうり》してく

れたこともある。ばばの母親の古くからの知り合いということだが、安造と母親が親しく話すのを見たことはなかった。

「濡れ縁をなおしてやるからな」

そういうと、しょいこの中から丸太を取りだした。山からとってきた木の枝《えだ》だから太さは様ざまだが、長さを一尺《いっしゃく》（約三〇センチ）ばかりに切りそろえてある。

安造は、濡れ縁の朽《く》ちた丸太をとりのぞき、新しい丸太のごつごつした所をノミで削《けず》ると、じょうずにはめこんでいく。

「うめえなあ。ヤスおじは、猟師より大工《だいく》がいいかもしれねえ」

ばばは、腕《うで》を組んで、安造の背中《せなか》に話しかけた。

「おれは山がすきだからな。そういえば、ひと月ぐれえまえに、おめえは、山ん中で〝弥太郎《やたろう》ーっ〟って、でかい声で呼《よ》んでいたなあ」

「……」

あの時、ヤスおじは山にいたのか……、ばばの心は、おだやかでなくなった。

吉次《よしじ》の赤んぼうをさがしに山にのぼったが、弥太郎はなかなか見つからなかった。ほとほと困《こま》っていたら、シロコと同じような小狐《こぎつね》が何匹《なんびき》も出てきて、ふざけあいながら、山奥《やまおく》のおシロの棲《す》み家《か》まで連《つ》れて行ってくれた。

崖《かげ》の穴《あな》の中におシロの一族が暮《く》らしていて、赤んぼうの弥太郎《やたろう》を育ててくれていたのだ。

(だが、ヤスおじが、あのような山深いところにある、おシロの一族の棲み家まで見るわけはない。わしが山裾《すそ》で、赤んぼうの名前を呼《よ》んでいたのをきいただけだろう)

ばばがそう思って、心の中の不安を打ち消したとき、

「あんな山奥の崖の穴に、小狐がいっぺえいるとはなあ」

安造《やすぞう》が、ひとりごとのようにいった。

(ああ、ヤスおじにわかってしまった……。わしはたいへんな事をしてしまった。猟師《りょうし》に、おシロの一族の棲み家を教えてしまうなどと……)

たくさんの狐が撃《う》たれて横たわっている姿《すがた》が頭に浮《う》かんできて、ばばはぎゅっと目をつぶると、はげしく首を振《ふ》った。

二

その夜。どうしたらよいのだろうと考えると、ばばはとうてい眠《ねむ》りにつくことができなかった。

(これは山に行って、おシロに会ってこなければなるまい。逃《に》げてもらうのだ)

そう思いつくと、起き上がって身じたくをはじめた。

手甲《てっこう》をつけ、裾《すそ》をしぼった、たっつけ袴《ばかま》をはいて、まだ夜が明けないうちに家を出た。

ひと月前《つき》にのぼったばかりではあったが、暗い中では方向の見当《けんとう》がつかない。

そのうち、猟師が通る一本道を見つけて、ばばは歩きつづけた。

やがて陽がのぼり視界《しかい》が開けてきた。だんだんに陽《ひ》ざしが暑《あつ》くなってくる。細くとがった枝《えだ》に顔をつつかれ、着ているものが汗《あせ》でぐっしょり濡《ぬ》れて体にはりついていたが、ようやく、木々《きぎ》がまだらになっている岩場《いわば》にたどりついた。

むこう側《がわ》には、ごろごろした岩の崖がみえる。

「オシロよーっ。わしは、おまえにあやまりにきた。わしが、この前、ここに来たばかりに、猟師《りょうし》におまえたちの棲《す》み家《か》を教えてしまった」

両手で口のまわりにつつをつくって、むこう側の岩に向かって声をあげた。

ばばの声はむなしく響《ひび》き、こだまとなってはねかえってきた。

「ああ、おシロは許《ゆる》してはくれねえんだ。そうだろう。わしは恩《おん》をあだでかえしてしまったからなあ」

がっかりしながらも、ばばは、つづけて叫《さけ》んだ。

「おシローっ、早くここから逃《に》げてくれーっ。みんなを連れて逃げるんだぞーっ」

こんどは、ふしぎなことに、こだまはかえってこなかった。

「ああ、おシロに聞こえたんだ。これでいい」

ばばがほっとして、もと来《き》た道をもどろうと数歩あるくと、きゅうに後ろから風が吹《ふ》いてきて後《うし》ろ髪《がみ》だけが舞《ま》い上《あ》がった。

髪《かみ》をおさえながら振《ふ》り返ると、いつのまに崖《がけ》をのぼって来たのか、銀色の毛を波うたせた大狐《おおぎつね》がこちら側《がわ》の岩の頂《いただき》にすっくと立っている。

「おシロ……」

ばばは、岩の上のおシロを見上げていった。

「わしは、おろかな事をしでかした。猟師におまえたちの棲み家を教えてしまったのだ。さあ、早くみんなで逃げてくれ」

おシロは身じろぎもせず、黙《だま》って遠くを見ている。

「おシロよ。わしに、かかさまのような祈祷師《きとうし》の才《さい》があったら、あかんぼうのいどころを自分の力でさがすことができただろう。いつも、おまえの力を借《か》りて祈祷師をしている自分が情《なさ》けない……。本当の祈祷師というものは、人の心が読めて悪い考えを見抜《みぬ》き、これから起きることがわかるものだろう。わしも、かかさまのような祈祷師であったらなあ」

おシロの目が光を帯《お》び、ばばを見つめた。その光は銀色の糸を張《は》ったように一直線に伸《の》びて、ばばの目の中に鋭《するど》く入《はい》り込《こ》んだ。

ばばはなにも考える事ができなくなり、その場に倒《たお》れこんだ。

三

「これは夜か。ここは山の中か……」

気がつくと、ばばは闇《やみ》の中にいた。なにも見えず、目をつぶっても開いても黒い世界があるばかりだ。

起き上がり、手さぐりでまわりをたしかめると、鋭《するど》く尖《とが》った細い葉が足もとから体のまわりにまで生《お》い茂《しげ》っているのがわかった。

葉はまるで生き物のように、ばばの体に迫《せま》ってきて体中を攻撃《こうげき》しはじめた。

「ただの草ではないな。そして、これは夜の闇《やみ》ではない。どうすればいいんだ」

ばばは、身動きができずに胸《むね》に手をやった。すると胸元《むなもと》からはみ出ている紙のお札《ふだ》にさわった。

「御幣《ごへい》が入っている。いつものくせで出がけに、ふところにいれたのだろう」

ばばは闇をにらみつけ、御幣を振《ふ》った。

葉っぱは、しゅわしゅわと音を立てて、しりぞいていった。

しかし歩いていく先々《さきざき》では、すぐに葉っぱが勢《いきお》いを増《ま》してばばのほうに向かってくる。

さらに、暗闇《くらやみ》の中からはうなり声がして、すきがあれば飛《と》びかかろうとしている、鈍《にぶ》い光を放《はな》った目がばばを見ている。

「獣《けもの》もいるのか……」

御幣でまわりを払《はら》いながら、ばばは歩いて行った。

(時も方向もわからぬ……)

いっしゅん、闇に静《しず》けさがもどった。

その時、ばばの耳にくぐもった低《ひく》い声がきこえた。

「これがこの世なのだ。まわりはみな敵《てき》だ。よい心の者と思っていても本性《ほんしょう》はちがうのだ。それをおまえに見せてやろう」

「かかさまか……、どこにいる」

ばばは暗闇の中でまわりを見わたした。なにも見えず、なにも聞こえない。

すると、きゅうに目の前がぼんやり明るくなった。はじめはもやがかかっていたが、だんだん形がわかるようになっていった。

「あれは、ヤスおじの小屋だ」

そこだけ切り取ったように、茅葺《かやぶ》き屋根の小屋が浮《う》き出て見えた。

小屋の板戸《いたど》が開いていて、囲炉裏《いろり》の前にあぐらをかいた安造《やすぞう》が、血《ち》のしたたる生肉《なまにく》にかぶりついている。

(ヤスおじが……)

いつもの無口《むくち》でおだやかな安造《やすぞう》とは別人《べつじん》のようだ。

「うめえなあ。あんなちいせい狐《きつね》は見たことがねえ。柔《やわ》らかくて、うめえ。みんな食ってやるぞ。あのできそこないの祈祷師《きとうし》は、いい猟場《りょうば》を教えてくれたものだ」

目は血走《ちばし》り、ぎたぎたした真《ま》っ赤《か》なくちびるがせわしく動いている。

（できそこないとはなあ……。かかさまのようなりっぱな祈祷師ではないということは、わし自身が一番わかっておるよ）

次から次へと安造は肉をくいちぎり、骨《ほね》を小屋の外にほうりなげている。二寸《すん》

（約《やく》六センチ）ばかりの細い骨が、ばばの足もとに飛《と》んできた。

「小狐《こぎつね》の次は、あのでっかい狐だ。ひっひっ」

安造は、肉のかたまりを口にくわえて、鉄砲《てっぽう》を撃《う》つまねをした。

（おシロを撃つつもりだな）

そう思ったとたん、ばばの手がしぜんに動き足もとの骨をひろった。骨は青白い光りをはなってばばの手に乗っている。つぎのしゅんかん、骨は安造を目がけてまっすぐにとんでいった。

「ぎゃあ」

骨は額《ひたい》につきささり、安造はもんどりうって、囲炉裏《いろり》の中に顔をつっこんだ。もうもうと灰《はい》けむりが舞《ま》い上《あ》がり、火がめらめらとつつ袖《そで》の着物の袖口《そでぐち》に燃《も》えうつり、腕《うで》をはいあがっていく。

ぼう然《ぜん》と立っているばばの目の前で、安造の小屋は燃えさかり、どっと音を立ててくずれていった。

それと同時にすべてが消え、また闇《やみ》が押《お》しよせてきた。

無気味《ぶきみ》な低《ひく》いうなり声が、ばばの体をしめつけるようにじりじりと迫《せま》ってくる。

ばばの頭に黒い山犬の群《む》れが浮《う》かんだ。

何十匹《ぴき》、何百匹という山犬が獲物《えもの》をねらってとびかかろうとしている……。

「失《う》せろ！　失せろ！」

ばばは恐怖《きょうふ》のあまり御幣《ごへい》を四方八方《しほうはっぽう》に振《ふ》りまわしていた。

どのくらいの間、そうしていたか、気がつくと、うなり声とにぶく光る目は遠のいている。

「あっ！」

こんどは、ばさっと大きな鳥がはばたくような音がして、ばばの頭を鋭《するど》い爪《つめ》がつかんだ。そのまま、ばばは宙《ちゅう》ずりのまま引きずられていく。

ひっしに御幣の先を頭の上にかざし、ばけものめがけて力をこめて突《つ》き刺《さ》した。

ふっと頭の上が軽くなり、ばばは、どさっと草の上にたおれた。

すぐに草はとがった葉をばばの体にむけ、さしはじめた。ばばはおきあがり、また御幣を振りまわす。

（この暗闇《くらやみ》がこの世のほんとうの姿《すがた》なのか。わしをねらっているものばかりの中で、わしは生きてきたということか……）

いやそんなことはない、ばばは心の中で首を振った。ばばの頭に赤いほおをしたトヨの顔が浮かぶ。

（トヨは、いい娘《むすめ》だ）

ばばがそう思ったとき、頭上から押《お》し殺《ころ》したような母親の低《ひく》い声がきこえてきた。

「人に心をゆるしてはならぬ。おまえにあの娘の裏《うら》の心を見せてやろう……」

声が消えてゆくにしたがって、ばばの足もとが、うす明るくなり、明るさがしだいに広がっていく。

やがて、一面にもやがかかっている池が現《あらわ》れた。ばばは池のふちに立って下を見おろしている。だんだんもやが消えていき、池の底《そこ》が見えてきた。

「あれは、わしの家ではないか」

竹やぶにかこまれた、ちいさなわら屋根の一軒家《いっけんや》。板戸《いたど》をあけて家の中からだれかが出てきた。まわりをきょろきょろとうかがっている。

「トヨだ。なんの用事で、わしの家に入ったのだろう……」

目をほそめてじっと見ていると、トヨの着物の中が透《す》けてみえてきた。トヨのふところには、銭《ぜに》の入った小さな布袋《ぬのぶくろ》が、そして手でおさえている前かけの下には折《お》りたたんだ白いさらしの布が一反《いったん》入っている。

「あれはみな、祈祷《きとう》の礼としてもらったもの。祭壇《さいだん》に供《そな》えてあったものを持ちだすとは」

ばばがそう思ったとき、鋭《するど》い一すじの光がトヨの背中《せなか》に差《さ》し込《こ》んでいった。

あっと、ちいさな叫《さけ》び声をあげてトヨは前のめりにころび地面に手をついた。前かけの下にかくしていたさらしの布は膝《ひざ》の下に落ちて、ふところから小銭《こぜに》がとびだした。

「これは、おらのもんだ。役に立たねえあのばばのまじないなんぞに、みつぎものはいらねえんだ」

トヨは、すぐにおきあがると地面に膝をつけて這《は》うようにして銭をひろいはじめた。

(わしのまじないは役立たずなのか……。それはそうだとしても、人様のものを

盗《と》るとは心がまがっている。トヨにも困《こま》ったもんだな）

ばばはためいきをついた。すると、トヨの落とした布がするするとひとりでにほどけて舞《ま》いあがり、首にまきついた。

「うっ」

のどに手をやり必死《ひっし》に布をとろうとしてトヨは立ちあがる。布はぴーんと張《は》ってますます強く首をしめつけている。やがて、トヨは大声でわめきながら、なにかの力に引きずり込まれるようにやぶの中に消えていった。

驚《おどろ》いて目をみはっているばばの足もとにまた、もやのかかった池がぼんやり浮《う》かんできた。だが、それもすぐに、もとの闇《やみ》にすっぽりとおおいかくされていった。

どこに向かっているのかわからず、どのくらい時が経《た》ったのか知る方法もなく、闇の中を、ばばは歩き続ける。

疲《つか》れきって弱《よわ》ったばばの体にとびかかろうとしている、獣《けもの》の鋭い牙《きば》が白く浮かんだ。

「失《う》せろ！」

御幣《ごへい》を向けたが力がはいらない。

「あっ、なんだ」

首に、ぬるぬるしたものがまとわりついて、しめつけられていく。

力をふりしぼって御幣を振《ふ》り、払《はら》いのけようとしたが、身動きができず足がもつれて、その場にたおれてしまった。

(もうだめだ)

ばばは起きあがる気力もなくしていた。

そのとき、遠くにぼうっと明かりが見えてきて、ばばのほうに近づいてくるのがわかった。

その明かりはだんだん人の形に変《か》わっていく。黒い髪《かみ》をせなかにたらして、額《ひたい》には白い鉢《はち》まきをしめ、白装束《しろしょうぞく》の女……。なにかに向かって身がまえるように口を結《むす》び、目はじっと前を見据《みす》えてうごかない。

(あれは、わしではないか……。わしはあのような恐《おそ》ろしい顔をしているのか)

ばばは体を起こし、その場にすわりこんだ。

攻《せ》めてくる獣《けもの》の気配《けはい》は消えて、あたりは、しーんと静《しず》まりかえっている。

人影《ひとかげ》は、すーっと音もなく、ばばの目の前にきた。いつのまにか、腰《こし》のまがった白い髪《かみ》の老女《ろうじょ》にかわっている。

「かかさまか……」

ばばは、老女を見あげた。

「おまえは闘《たたか》うのだ」

しわがれた声が頭の上からひびいてくる。

「闘え、闘え。おまえにむかってくるものを打ちのめし、服従《ふくじゅう》させるのだ……」

長く尾《お》を引いた声が闇《やみ》にまぎれていくと、老女はゆらゆらと形を変《か》えてゆき、銀色の毛をなびかせた大きな狐《きつね》がすわっていた。

「おシロ……。そうか、わしが山奥《やまおく》で会ったおシロは、この世のものではなかったのだ」

そしてばばは悟《さと》った。母親のような祈祷師《きとうし》の世界に生きることは、とうてい自分にはできないと。

「かかさま、わしは、お天道《てんとう》さまの下で暮《く》らしてえ。できそこないの祈祷師でもよい。人の本性《ほんしょう》を見抜《みぬ》く力もいらねえ。狐おろしなどできねえんだと、みんなにいおう。だがわしは、村のもんによばれたらどこにでも行く。わしにできるのは、このまじないをとなえることだ……。役にたっているものかどうかは、わからねえがな」

ばばは目をつぶり、御幣《ごへい》を静かに振《ふ》る。

ちりちりけんのう
ちりちりけんのう

つき神の祟《たた》りなれば
白い幣束《へいそく》にのり
もとの社《やしろ》に
もどりたまえ

病《やまい》は
うす紙をはぐごとく

はやく癒《いや》させたまえ

四

なんどくりかえしただろう、ばばがふと目をあけると、竹の葉のあいだから黄金《こがね》色の木《こ》もれ陽《び》がさしこんでいるやぶの中にいた。

安造《やすぞう》が濡《ぬ》れ縁《えん》に腰《こし》をかけて、たばこをすっている。きせるの煙《けむり》が手もとからゆっくり立ちあがっていく。

(用を足《た》すと、すぐに山に帰っていくのに、きょうは、どうしたことだ。めずらしいこともあるものだ)

庭の南側の畑でトヨがしゃがんで草とりをしている。

(きのうは、弟子《でし》になりてえというのを断《ことわ》ったら、怒《おこ》って帰っていったのになあ)

ばばは、昼間《ひるま》の明るいこの風景《ふうけい》を、ずっと見ていたいと思った。

しかし、トヨがすぐに見つけてとんできた。

「ばばさま、どこへ行ってたんだよお。おら、きのうのことを、あやまろうとおもって……」

トヨはばばの袖《そで》を引っぱり、いっしょうけんめい訴《うった》える。

「おら、気がついたんだ。おらは祈祷師《きとうし》になりてえというわけではなくて、ばばさまのような人になりてえんだってことに」

「そうか、それでわしも安心した。おまえに教えることなどなにも持ってはいねえからな。あ、そうだ。ちょっと待っていろよ」

ばばは、家の中に入り、奥《おく》の祭壇《さいだん》に行く。

魔《ま》よけのお札《ふだ》をはりめぐらした台の上には、さらし布《ぬの》がきちんと置《お》かれてある。さっと御幣《ごへい》を振《ふ》ってお祓《はら》いをすると布を手にした。

「トヨ、赤んぼうが生まれたら、これで産着《うぶぎ》を縫《ぬ》って着せてやれ」

ばばは庭の畑に行ってトヨに手わたした。

トヨは、あんぐりと口をあけて、ばばとさらし布を交互《こうご》に見ている。やがて、

「ばばさまは、やっぱりすごい祈祷師だ。おら、こどもができたことをだれにもいってはいねえ。吾一《ごいち》っつぁんにも、おっかさんにも。それが、ばばさまにはわかったんだなあ」

ほおを赤くして、さかんに感心している。

「それによう。赤んぼうには、新しい真《ま》っ白な下着を着せてやりてえと思っていたんだ。ばばさまには、それもわかったんだなあ」

「トヨ、そういうことは、祈祷師《きとうし》でなくてもわかることだよ」

そういうばばの言葉《ことば》に耳も貸《か》さずに、トヨは前かけをはずして、さらし布《ぬの》をていねいに包《つつ》んでいる。そして、また、しゃがんで、雑草《ざっそう》をとりはじめた。

ばばの後ろで、ぽんと乾《かわ》いた音がした。

ふりかえると、濡《ぬ》れ縁《えん》に座《すわ》っている安造《やすぞう》がきせるの雁首《がんくび》を灰吹《はいふき》（たばこの灰をおとす竹のつつ）の縁《ふち》でたたいたところだった。

「ヤスおじ、山ん中で見つけた白い小狐《こぎつね》を撃《う》ちにいくのか」

ばばは気になっていたことを聞いてみた。

「白い小狐？　おれが見たのは並《な》みの小狐だ。だが、むやみに撃つことはしねえ。猟《りょう》をするのは、あんまり増《ふ》えすぎると、山の木がだめになるからだ」

安造のいうことは、もっともだ。だが、ばばには、もうひとつ聞きたいことがあった。

「ヤスおじ、白い大きな狐を見たことはないか。ほれ、かかさまが飼《か》っていただろう？　おシロだよ」

安造は首をかしげて、ひとつまみたばこをきせるに詰《つ》めた。

「おれは、おめえのかかさまとは長いつきあいだったが、そんな狐は見たこともねえ」

安造がとぼけているのか、それとも、あの狐たちは自分にだけ見えていたのかと、ばばは考えていた。

「そんな狐は、はじめっからいねえのよ」

安造は、きっぱりと言った。

「人の心を悪くとらえれば、いくらでも悪く思えるもんだ。それが闇《やみ》を作りだし、その中で闘《たたか》って生きていかねばならねえ。おめえは、そうしちゃならねえ。おめえのかかさまはえらい祈祷師だった。だが、おめえはおめえの生きかたがある……」

安造の言葉は、ばばの心にしみわたった。

もうすっかり白くなった髪《かみ》とひげ……。

ばばは、ヤスおじがいつも、ばばの家の濡《ぬ》れ縁《えん》にこうして座《すわ》っていたように思えてきた。

（わしが小さいころから、ずっと……）

そういえば、安造《やすぞう》のいう「おめえ」ということばが、「ウメ」と聞こえることに、ばばは気づいた。

（そうか、ヤスおじはわしを、ウメと呼《よ》んでいたんだ）

この世《よ》で自分のことをウメと呼ぶのは、母親と父親……であるはずだ。

（ウメはウメ……）

そっとつぶやくと、嬉《うれ》しさが心の底《そこ》から湧《わ》いてきて、ばばは幸せな気分にひたっていった。

（おわり）

あとがき

ちりちりけんのう……、はて、なんのことでしょう?

これは、おまじないの言葉で「ちれちれ、けんのん」、つまり、あぶないことは散ってしまえ、という意味なのです。

子どもの頃に、ころんで膝《ひざ》をすりむいたり、頭をなにかにぶつけたりした時、お母さんが「いたいの、いたいの、飛んでいけ」なんていったりしませんでしたか。

おまじないというのは、本当に効《き》き目があるかどうかはわかりませんが、心を込《こ》めて祈《いの》ってみると、あら、不思議……。困《こま》っていることや嫌《いや》なことはどこかに行ってしまった……、なんていうことが起きるのですよ。

さて、ここで私《わたし》の師《し》吉田タキノ氏の話をさせてください。

師はタキノ先生と呼ばれて、多くの人たちに慕《した》われておりました。

岩手県宮古《いわてけんみやこ》の生まれで、たくさんの民話を書きました。師自身もおおらかな人柄《ひとがら》で民話の世界そのものという感じがいたしました。どこか、ウメばばと重なるところがあります。

師はもう亡《な》くなりましたが、長い間、師の許《もと》で教えを受けてきたことを私《わたし》は誇《ほこ》りに思っております。この作品をお見せできなかったことは残念《ざんねん》ですが――。

「ちりちりけんのう」は同人誌《どうじんし》「まど」の二号から五号に連載《れんさい》いたしました。銀の鈴社の柴崎《しばざき》編集長のお目に止まり出版《しゅっぱん》の運びとなりました事を感謝いたしております。

また、若《わか》く健康的なウメばばを描《えが》いてくださった日向山画伯《ひなたやまがはく》に心よりお礼《れい》を申《もう》し上げます。ありがとうございました。

二〇〇九年七月

栗原直子

作・栗原直子（くりはら なおこ）

東京生まれ。1972年より児童文学の創作をはじめる。

著作『あいつとぼく』（小学館）、『草加ものがたり』（けやき書房）、『夜あるき地蔵さま』（共同募金会）、『ふきのねがい』（共同募金会）、『生き続ける民話』（埼玉新聞連載）、『近代戦争文学の構造』（共著・国書刊行会）。

日本児童文学者協会、児童文化の会、窓の会会員。現在、産経学園講師。


絵・日向山寿十郎（ひなたやま すじゅうろう）

1947年鹿児島県生まれ。

幼児期に画家の叔父と、そこに寄寓していた放浪の画家、山下清氏を通し絵画の存在を知る。

15歳より洋画家に師事し、絵画の基礎を学ぶ。後年、広告デザイン会社を経てグラフィックデザイナーとして独立。

1978年よりイラストレーターとして様々なジャンルの絵を手がける一方、ライフワークとしての「美人画」に新境地を開きつつある。

NDC913
栗原直子　作
神奈川　銀の鈴社　2009
96P　21cm　A5判（ちりちりけんのう）

定価＝一、二〇〇円＋税

鈴の音童話

ちりちりけんのう

二〇〇九年八月一日　初版
著　者――栗原直子©　日向山寿十郎・絵©
発　行――㈱銀の鈴社　http://www.ginsuzu.com
発行人――柴崎　聡・西野真由美
〒248-0005　神奈川県鎌倉市雪ノ下三-八-三三
電　話０４６７（６１）１９３０
ＦＡＸ０４６７（６１）１９３１
〈落丁・乱丁本はおとりかえいたします〉
ISBN 978-4-87786-725-6　C 8093
印刷・電算印刷　製本・渋谷文泉閣